我们将完成两次相逢

周长骑 —— 著

中国书籍出版社
China Book Press

图书在版编目(CIP)数据

我们将完成两次相逢 / 周长骑著. -- 北京：中国书籍出版社，2020.6 （2023.7重印）

ISBN 978-7-5068-7856-2

Ⅰ. ①我…　Ⅱ. ①周…　Ⅲ. ①诗集–中国–当代　Ⅳ. ①I227

中国版本图书馆 CIP 数据核字(2020)第 091089 号

我们将完成两次相逢

周长骑　著

责任编辑	张　娟　成晓春	
责任印制	孙马飞　马　芝	
出版发行	中国书籍出版社	
地　　址	北京市丰台区三路居路 97 号(邮编:100073)	
电　　话	(010)52257143(总编室)(010)52257140(发行部)	
电子邮箱	eo@chinabp.com.cn	
经　　销	全国新华书店	
印　　刷	成都兴怡包装装潢有限公司	
本　　开	880 毫米×1230 毫米　1/32	
字　　数	100 千字	
印　　张	7	
版　　次	2020 年 6 月第 1 版　2023 年 7 月第 2 次印刷	
书　　号	ISBN 978-7-5068-7856-2	
定　　价	40.00 元	

诗意抖鬃可长骑

——读周长骑的诗

李发模

　　读周长骑的诗，他诗意抖鬃，可让人长骑，观他的哲思与学识。他写爱情，《我们将完成两次相逢》："……/一次在水上/……/爱的深渊//另一次在地下/……穷尽一生/尚未说完的情话。"如是《爱着》，哪怕《秋天正在荒草地里蔓延》，他爱得纯净、安静、沉潜，他写"……因天空/泛出一生的渺茫"，《关于一棵树的孤独是什么》，乃至《在上帝看不见的地方爱你》，那坚持、恒心、耐力，可谓路遥知马力。

　　诗人之诗，是他灵性灯下的"对影成三人"，即生存、生活与创意。诗是感情的产物，永在突围的途中。如是，"剩下的都是废墟，逝去的才是天堂"。"一束玫瑰待放的遥远与迫近"，"轻柔的月光之下"或是"从大雾中归来"，走过言辞逶迤的山势和意境血脉的转身回望。象征的隐喻与唯美的飞逸，是诗人锲而不舍地叩问诗意人生的终极意义。

　　诗是语言的艺术，是诗人自己的诗家语，他怎样说这世界都有他自己的时空，他于此时空中种植自己的人生与社会。诗心的土壤，想象的气色，爆炸性的寻思，命运的造化，等等，恍若于《空中漫步》。《我们是怎样步入夜晚的》……诗人，是"时光里站着一个战败的人"，《想对夜空说些什么》？是《南部的星空》？《真实的一天》？周长骑，他的诗在不断变换着声音与容貌，时而于一声迅雷中脱颖而日出，时而诗意还在下雨，是云在煽动的谜语。雨点儿的渗透，雷电的震荡，也正是世间的《众生相》。"雨后/海棠花洒落一地"……而《寂静》中，"……阳光是不易察觉的"。由是可见，诗之日出之前先是与诗人心思共振，才有风雨孵孕的日出，正是黑夜拦不住的拂晓，沃土蒙不住的萌芽。

长骑诗中的亲情、乡情、友情，《写给我的老外公》《春山空》《一条红色的河流》《无题 赠润生兄》《我们在夜色里谈到了石家庄》，有以物事为诗，纯质的通幽与洞察；有以存在为见证，对庸常生活和对生命之美的确认。他的一些诗，越靠近生活，越能发现时间的仁慈。他写"在一个寻常的周末/看书，抱女儿"，《写给女儿的诗》《道旁的树》《远方》《走在赤水河边》，乃至《一片梧桐叶》《玫瑰之死》等。他以文字填补生活的空白，哪怕是《在九子岩看雪》《独坐》《想在所有雪花之上写下你的名字》，恍若白话，却大味至淡，大朴无雕，激情涌动，又内在而平静。读他的诗，我发现他是进行一种苦修，"正果"总在路上。有道："一日为诗，终身为负。"诗人之苦，一生都在用情用心弥补亏欠，纵然从抽象的面目返回，已非以前的晨昏。

诗人，在人生四季的网中，在我们和野性之间，谁人谁兽或飞禽？问神的住址，经老人或一个少女口音中发出，人性自发的本能和肢体语言构成的那无声的诗，有声的画。年轻时留在体内，有雷电的爆炸，野猫的眼神……也就是说：

诗是蛋的破壳，读飞禽。
诗是子宫的临盆，读走兽。

是人从出口至入口，其过程，诗的隐喻、含蓄、禅味及至蒙太奇技法，仍在赋比兴里。读音似飞鸟在天的口腔中，意味似鱼游在海的肚腹里。人呢？人的脚所踏，都是故地，心所想，都是故乡。

须知真正的诗人和诗歌，是在热闹的背后，也在往事的角落，更是与生活并肩奔跑在现实通往未来的途中，人们读到的字句只是远去的回音与背影。

诗写人生与生活，透析"诗、思、意"，从"随物赋形"至"随心造物"。长骑的《鸟》《空山》《有什么是无限的》《迟到的中秋夜涂鸦》及一些咏物诗，从人性普遍智力层面进入光阴深处寻求"欲说还休"的寓意。诗行中诗人泄露的情绪，而美得令人心碎，又恰是对于"直抒"的躲避。如《提防》《我与秋天相互缠绕》《空杯子》《一个人死去了，像块石头》等诗，饱含情感的"旁观"与"偷听"乃至"旁白"，如是，开采出诗意富矿，不说价值连城，亦可拓展人与事的本质。真正的好诗，是简洁容纳远一点，再远一点，让东方式的悠然近一点，再近一点的身心场景，并于节奏的某一点上适时收放形成奇妙的张力，亦即掌控轻盈于所思边界和隐秘心思的内在，从而获得阐释的空间。就像科幻，就像人类对宇宙的探索，意韵的力量可至银河系外，又流浪在人的七情六欲之中，让"诗思"似飞船飞向新的恒星，寻找诗意的远方，一路碰撞情感，理智与假设和真相，于天地悠悠与天涯咫尺间测试自我独特的审美表达。就此而言，长骑当然还需努力！

新思维如何融入文学创作？我认为，我们仍需要开拓浪漫与现实的宏大境界，贴近地面，靠近自己。长骑作品中抒写的乡村生活，如《一切都与阳光有关》《夜色给我摊开一张笑脸》《我永久失去了这阵波纹》《我住在这儿》等，他在展开"天问"似的科幻色彩，渗透血性的思维，注入"轮回与周期"，包含素养与造诣，生存的境遇。从他整个诗中我们可见所谓人间，一半是天空，一半是土地；所谓个人，一半在开放，一半在开垦。开放与开垦传出的非凡声响，既包含人文民俗丰富的养分，又是风霜雨雪动情在内心不安的灵魂，相吸相斥，相生相克在每个人精神图谱中，不断激活兴衰，蝶变个性。诗是与回忆相聚，又同时是告别，是对生活的认知，对于过去的和解及对未来的守望。诗是结局中蕴含的初始，就像人老年时的入梦与醒来，自知不可能永远，仍需调整余生的状态，补充新的养分，重新上路。

长骑诗集中许多精巧的立意和闪光的句子，真有点像神骏抖鬃，那就让我借用一下他的力气跑过读他这作品的过程。当然，我更希望他能跑上人迹罕至的巅峰之上。

李发模，生于 1949 年，中国作家协会会员，中国诗歌学会常务理事，贵州省诗人协会主席，一级作家，著名诗人。已出版诗集、散文集等共 60 余部。长诗《呼声》获中国首届诗歌奖，被苏联作家叶甫图申科誉为"中国新诗的里程碑"。是当今中国最有诗人气质和诗歌才情的作家之一。

荒漠甘泉

——周长骑诗集《我们将完成两次相逢》读评

陈润生

公元 2019 年，6 月 16 日，晴。

午。泡一杯十二年的普洱，听一首叫《多想在平庸生活中拥抱你》的歌，单曲循环。

缓缓打开一叠长骑兄弟打印好的诗稿，细细品读。轻轻抽出那些打动我的句子，像喝一杯 2006 年的茅台。那醇香，像诗，也像人间那些酸甜苦辣的旧事。

长骑出生于酒香弥漫的仁怀，现供职于茅台酒厂，是一个非常好玩的人。是的，一个喝酒像喝水的人，有一颗感性、有趣的灵魂。

他酒后的沉默已与清醒时的热情合二为一，融为一体，就像涓涓细流，就像荒漠甘泉。那种现实中的压抑，和心底的悲悯，令他的诗歌温情脉脉，将生活的砥砺变成岁月中闪亮的宝石，将一些忧伤的情愫羽化为铺满天空的能量；也如陶渊明《归去来兮辞》中"云无心以出岫"，在个体生命中如云朵般的孤傲。而这些无一不是一个人于幽僻之处撕心裂肺的过程。

在这个纷纷扰扰的尘世，长骑兄弟特立独行，用饱满的情感爱着这个世界。他在《简单一些》一诗里，这样描述自己对生命的态度以及对生活的体验——

一

直到我们不再说出
如月亮漫长的失语
我们对坐
对望
对饮
一切都停驻于轻柔的月光之下
一切都流淌在月亮隐秘的杯盖里

二

你说：简单一些
我们回到童年

回到我们初玩泥巴之时
回到一颗玻璃珠子晶莹的内部
那旋彩的玻璃花瓣之上
回到我们尚不知幸福为何物
幸福却搂着我们的年代

目前，我们略显复杂
复杂得不知为何悲从中来

是的，我们都略显复杂，复杂得不知为何悲从中来。也许不是每个人的诗歌都能代表一个时代，但长骑的诗歌，已深深打下我们所处时代的印记，温暖而刻骨。他所追求的，是爱，是人间的温情。作为一个优秀的诗人，他始终像一个隐藏的智者，有着明晰的诗观。当他和我碰杯的时候，我从不怀疑他对这世界的真诚；当他说起人生的时候，我也从不怀疑他内心深处那个充盈着爱的国度——

说说你孤独溢出的时刻
电话里响着母亲突然
大哭流泪后的温暖

长骑常常在酒体中揣度人生，在醉醒间寻找属于他自己的声音。有人说，写诗如做人。他写诗的时间不长，却在短短几年里突飞猛进，成为他自己想要成为的那个写诗的人。有人在黑夜中寻找光明，有人在旅途中迷失自我，长骑却从未离开既定的目标，做一个有良心和真知的诗人，在诗歌里挥洒他的通透与自信。

长骑的诗俊朗，洒脱，写法和表现手法是我喜欢而又不常用的那种类型。比如他在《空山》中是这样描摹的——

整座夜都是空旷的
空山

春天在雨滴悸动之前保持着
死一般的寂静

鸟羽发出细微的风声
未绽开的花儿仍在空中
纤细的飞翔

漆黑中我也在为你空着
那些遗落的
我的光芒

之所以不常用，是因为它细腻，是因为没有那个耐心和细心去攻克那些细腻带来的烦琐。但仔细将长骑的诗歌读下来，依然是令人震撼的。语言表现力惊人，看似柔弱处四两拨千斤，犹如禅语似的机锋与顿悟，而"爱"则呈现得淋漓尽致。

他将诗集命名为《我们将完成两次相逢》，在那一首同名诗中，长骑以爱之名，贯穿茫茫生死，道出了爱的真意，那就是我们终将荒度一生，而"爱"则将无限延绵。也许在我们内心深处，某个定义着自我角色的地方，只有"爱"能为我们开辟通途，带来生命的光辉。仅仅从一两首诗歌中判断长骑，难免太过主观，只有在看完整部诗集之后，才能深刻地了解长骑，了解他所要付出的爱和对这个世界深深的期许。在风格上，他也许不是一个专一的诗人，而是一个专一的歌者，为爱而歌。他在《秋天正在荒草地里蔓延》写到——

秋天正在荒草地里蔓延
我则待在一株荒草上爱你

一株荒草的爱是有限的

一株荒草连接着另一株
荒草

正如我单薄而有限的爱中
饱含了我们
对于无限的渴望

　　长骑这种基于对众生的悲悯，积极参与到写作中的态度，对
当下的年轻诗人，有很大的启发意义。虽然写诗是个艰难而不讨
好的行当，但人类对文学艺术的追求是永恒的，前仆后继的。在
文学艺术中，生命、生活和生存的向度被赋予一种永恒的回响。
　　《理想》则是长骑诗歌形式和表现手法的一个突破，对生命
中虚幻之痛提出质疑，以隐喻和反讽直接呈现生存环境的恶劣，
写出恶劣环境下个体内心的执着——

多少年前
他们谈及理想
说去草原
煮一碗面
还要看风
看风吹低的草和牛羊

多少年后
他们碰头
只是喝酒，喝酒
捧着酒杯

惦记着那草原

那风
吹低的牛羊

在这样的场景下，还要惦记那草原，那风。诗歌的优美，诗歌的力量，将我们生活中的遭遇瞬间复刻，足以令人感动落泪。要高歌一曲《鸿雁》，才能抖掉束缚在身上的尘土，俗物。

人间多寂寥，世事如荒漠。也许每个人的内心都存在一片正在被荒漠化的地方，如果没有以爱之名的甘泉注入，那么，人终其一生都将是空虚与枯朽的。如是，我们实在没有理由拒绝长骑带给我们的诗歌，没有理由拒绝其荡气回肠的声音，给我们带来原型生活的气息和感受。

在双掌缓缓合拢长骑诗稿之际，我突然想起一首东坡词《行香子》述怀——

清夜无尘，月色如银。酒斟时，须满十分。浮名浮利，虚苦劳神。叹隙中驹，石中火，梦中身。

虽抱文章，开口谁亲。且陶陶，乐尽天真，几时归去，作个闲人。对一张琴，一壶酒，一溪云。

世事如棋，诗酒无涯。长骑兄弟，让我们常怀悲悯之心做人，常用失败之心写诗。归去时，枕一张琴，提一壶酒，对一溪云吧。

陈润生，男，仡佬族，1977 年生于贵州道真，诗人。

周长骑的诗（2011—2015）

那年秋天金黄 002

写在河边的信 003

雨夜里 004

在秋天 005

畏　惧 006

婚　礼 007

影　子 008

想　念 009

夜 011

今　天 012

空杯子 013

痛　逝 014

高粱地 015

虚　无 016

水乡或是楚国 017

今夜，我的帽檐遮不住南方 018

秋　日　　　　　　　　　　　　　　019

一个人死去了，像块石头　　　　　　020

阴　天　　　　　　　　　　　　　　022

水　田　　　　　　　　　　　　　　023

最后一次　　　　　　　　　　　　　024

半边月亮　　　　　　　　　　　　　025

就躺在故乡的田野里　　　　　　　　026

情　书　　　　　　　　　　　　　　027

看　着　　　　　　　　　　　　　　028

写在关田村　　　　　　　　　　　　029

风　声　　　　　　　　　　　　　　032

冬　天　　　　　　　　　　　　　　033

为什么　　　　　　　　　　　　　　034

致诗人白垩　　　　　　　　　　　　035

十二月　　　　　　　　　　　　　　036

巷　子　　　　　　　　　　　　　　037

两个莎士比亚　　　　　　　　　　　038

致梭罗　　　　　　　　　　　　　　039

一切都与阳光有关　　　　　　　　　041

断　句　　　　　　　　　　　　　　042

聊　天　043

命　运　044

拜　坟　045

葵花籽　046

快乐王子　047

夜色给我摊开一张笑脸　048

一　049

信 Sonnets　050

让　我　051

爱　052

时光在你的眼里　053

生活在　054

萨　福　055

从春天开始　056

在这永恒的春天　057

相　遇　058

分　离　059

偶　然　060

我永久失去了这阵波纹　061

从窗户走　062

夜　　　　　　　　　　　　　063

欲望的声音　　　　　　　　　064

我　有　　　　　　　　　　065

我住在这儿　　　　　　　　066

永　恒　　　　　　　　　　067

雨　　　　　　　　　　　　068

两种美丽　　　　　　　　　069

摸不到的　　　　　　　　　070

如果突然在春天遇见　　　　072

雾　　　　　　　　　　　　073

暗　恋　　　　　　　　　　074

一杯水的命运　　　　　　　075

爱　情　　　　　　　　　　076

春　夜　　　　　　　　　　077

夜　　　　　　　　　　　　078

在五月　　　　　　　　　　079

树　　　　　　　　　　　　080

周长骑的诗 （2016—2017）

我们将完成两次相逢   082

爱　着   083

深蓝色诗集   084

今天早上我的爱   085

春　雨   086

新　雪   087

英　雄   088

在冬天的早上读罗伯特·勃莱   089

秋天正在荒草地里蔓延   090

雨　中   091

关于一棵树的孤独是什么   092

画　鸟   093

打水漂儿   094

在我静默的时候   096

想到你时   097

在上帝看不见的地方爱你   098

微风掀起的   099

这一天   101

七夕断句　　　　　　　　　　　102

剩下的都是废墟　　　　　　　　104

凌乱之书　　　　　　　　　　　106

晨之玫　　　　　　　　　　　　107

简单一些　　　　　　　　　　　108

遗　言　　　　　　　　　　　　110

电视台速写　　　　　　　　　　111

饮下心中汹涌的茅台　　　　　　112

一条红色的河流　　　　　　　　113

空中漫步　　　　　　　　　　　114

理　想　　　　　　　　　　　　116

四合院　　　　　　　　　　　　117

庭中散步　　　　　　　　　　　119

五月二十四日记事　　　　　　　121

明　天　　　　　　　　　　　　122

我们是怎样步入夜晚的　　　　　123

想对夜空说些什么　　　　　　　124

南部的星空　　　　　　　　　　125

真实的一天　　　　　　　　　　126

中午之诗　　　　　　　　　　　127

写给我的老外公　　　　　　　128

茅台彩虹桥　　　　　　　　　129

众生相　　　　　　　　　　　130

寂　静　　　　　　　　　　　131

春山空　　　　　　　　　　　132

无题　赠润生兄　　　　　　　135

午　餐　　　　　　　　　　　136

寻常的一天如何度过　　　　　137

道旁的树　　　　　　　　　　138

寻　常　　　　　　　　　　　139

我们在夜色里谈到了石家庄　　140

清　晨　　　　　　　　　　　142

写给女儿的诗　　　　　　　　143

远　方　　　　　　　　　　　144

人　间　　　　　　　　　　　147

一片梧桐叶　　　　　　　　　148

走在赤水河边　　　　　　　　150

雨　后　　　　　　　　　　　151

飘　　　　　　　　　　　　　152

写给我的小公主　　　　　　　153

避免被雨声覆盖　　　　　　　　　155

玫瑰之死　　　　　　　　　　　　156

独　坐　　　　　　　　　　　　　158

在九子岩看雪　　　　　　　　　　159

被轻雪热爱的人　　　　　　　　　160

想在所有雪花之上写下你的名字　　161

情　书　　　　　　　　　　　　　162

一片雪花　　　　　　　　　　　　163

大　雪　　　　　　　　　　　　　164

重　演　　　　　　　　　　　　　165

鸟　　　　　　　　　　　　　　　167

空　山　　　　　　　　　　　　　168

秋天片段　　　　　　　　　　　　169

你不能阻止我对你的思念　　　　　171

写给秋天的你　　　　　　　　　　172

在黑暗之前　　　　　　　　　　　173

梧桐树下的雨　　　　　　　　　　174

有什么是无限的　　　　　　　　　175

活　着　　　　　　　　　　　　　176

你忘了博客密码　　　　　　　　　177

爱在秋天　　　　　　　　178

爱是地震　　　　　　　　179

迟到的中秋夜涂鸦　　　　180

百花湖和友人散步　　　　182

尖　叫　　　　　　　　　183

追蝴蝶　　　　　　　　　184

花园里的杜鹃　　　　　　185

春天的诗　　　　　　　　186

月　亮　　　　　　　　　187

提　防　　　　　　　　　188

中都龙虎洞　　　　　　　189

中都之夜　　　　　　　　190

永赖同功　　　　　　　　191

沐川皇城遗址　　　　　　193

向日葵　　　　　　　　　194

太平集　　　　　　　　　195

我与秋天相互缠绕　　　　196

周长骑的诗

（2011—2015）

那年秋天金黄

那年秋天金黄
家乡的稻子熟了

稻田里两个年轻人漫步低语
沉默的是爱情与土地

像一种被稻田熄灭的微风
我突然想到死亡是何种颜色

家乡的农民在秋天收割稻子
摔打出的金黄

写在河边的信

一排南归的白鸟
口衔木叶
划过黑夜和河流
划过山地与村落
飞离人烟
飞向收获后萧条的九月
我将由此
放下水中关于智慧的希望
欢快地让双脚
沾满沙土
走向缤纷世俗

雨夜里

雨夜里寻找火把的安静少女
月亮住进你的庄园
打湿了单薄月光的雨水微笑
伞下的你拘束，沉默

我在远处的灯影里漂泊
在小船上看着你的孤独，迷人

想告诉你雨夜有多辽阔
你沉默着向我走近
像我走近梦中的那片海洋

在梦里我们不能熄灭梦的光
在海上我们不能熄灭船的光

在秋天
——致我所爱的人

在秋天，死亡多宏伟！丰收的死亡广场！
新一代的麦子死亡，土地和河流依旧存在
镰刀和风取得胜利

在秋天，人们开始谈论自己的爱情
遇见你　多美丽
死亡的麦子，丰收的麦子面前
拾起你，多美丽
一起向大海借一碗遥远的水吧
我们将居住在那碗蓝色海水中
爱情美丽，爱人久远

我以死去诗人和他们尚未腐朽的灰暗诗歌起誓
爱上你，麦子前为一碗蓝色海水熠熠燃烧的东方星辰

畏　惧

收获的麦子也是死亡的麦子
收获的土地也是死亡的土地
爱情
我收获你的时候
我会突然畏惧
一种金黄的麦子
一种苍白的土地

婚 礼

总有一天你会嫁人
把自己交给柏拉图的麦地
风吹麦地
吹打着柏拉图两手空空的爱情

而我不会
我宁愿躲进水中
祈祷蓝色
做个沉默的人

影　子

阳光将我钉在地上
人手一份的影子
黑暗而沉默
我端详着

美丽高原将我映照
蔚蓝天空
留下无数温暖而悲伤的影子
我思索着

想　念

稻田里
割人的镰刀
黑漆漆

风在秋天
遗失
粮仓丰腴

陶罐裂开了
两种盛水的嘴唇

花儿和鱼群
游弋在矮墙上
弥散开的土黄色

为了选择天空
鸟的道路
淡蓝而跳跃

阳光下

干枯枝丫伸出

布满瓦屋顶的指尖

细小如你

夜

即便一千次夜燃烧
也比不上今夜
我遇见的爱情
我变成一切的灰烬

我和一切将以灰烬的形式
漂浮在那幽暗的尽头
唯有今夜和爱情
将坚固地掠过
成为幽暗中仅剩的余晖

今 天

我们永远都在今天活着
今天的阳光，今天的雨
骑在今天温暖的马背上
我们同样会在今天寒冷地死去

今天是我们一生之中的完整经历
从遗失诸神的黄昏开始
我们富有着黑夜、黎明和白天
我们的一生是挥霍而伤感的一天

活在这即将死去的今天
如果你不能抬头仰望，珍惜太阳的燃烧
你同样不能低头沉思，珍惜埋你的土地

空杯子

还有什么能比看见一只空杯子而感觉熟悉又陌生
像所有的水一样，我们不得不把自己倒进这只杯子中
作为生的漂浮，被迫沉静离开
这只杯子的材质是木头或者玻璃，金属或者石料
都已经不重要了，重要的是水需要一种容器，我们需
要杯子
世界将我们倾倒，我们只能吞咽，一只空杯子装过
的水
一只空杯子装过世界和我们
还有什么能比看见一只空杯子而感觉熟悉又陌生
我们本身就是那只空杯子吗，我们装进过什么，倒出
过什么
世界是什么，空杯子之内漂浮着的我们不应该放弃质
问和微笑
那空杯子之外漂浮着的正在质问着微笑

痛　逝

一滴孤独击穿秋叶的昏暗脉络
季节苍茫着，潮水般涌来哭声
脚步因此矗立，田埂上的诗人
没有更闲碎的日子，在收割之后
桂花香弥散开八月的痛彻心扉

背对尘世
在泛着翡翠绿烛光的夜晚
你和你采薇的诗句相遇
谱下一行短歌

鲜艳，轻盈的歌声飞越一切
在漫长黑暗中不绝回响
逝去千年，你再次吟叹家园的宁静
篱墙之内，谁又在苦心编织
这时代的痛逝

高粱地

将高举饥饿的双手插入天空
彻底忘掉幽暗的溶洞
忘掉粗犷石头的研磨
在这里，绿色成为希望不死的野火
蔓延在原野和山坡的高粱地
伴着八月最热烈的阳光、风和雨
生成的笑容一夜开绽
燃烧吧，燃烧吧
让你火焰的嘴唇向诸神致敬
人间本应该如此富有

虚　无

谁说这些道路会为我们弯曲

谁说广大青草需要我们认同

谁说天空很蓝爱情美丽

谁说我们像植物一样幸福

谁说你会成为雨中的太阳

陌生人，我是冥冥中投向你的石块

将你砸疼

陌生人，我和你一样昼夜流逝

成为虚无

水乡或是楚国

布满眼泪的水乡　布满火焰
或是楚国，流浪的子民布满山野
面对沉默水乡的河流
抛弃沉默
用双手也用荒芜重建平静家园

一种幻灭在雨水的瓦屋顶淌过
一些时代成为屋檐下的聆听
聆听者必将幻灭
在那里，水乡静止，楚国安宁
在那里，挥舞着火焰的歌声叫仇恨
幸福的泪滴叫爱情

今夜，我的帽檐遮不住南方

头发也遮不住
我想用双手捂盖
南方恰好打在我的头颅
打破我金黄的谷壳

月亮下系着一束割断村庄的稻草
诗人打马掠过
一颗米粒幸福掠过
南方火焰的田野
在空寂里饮水的响声汩汩
……

秋　日

在某一个下午
秋日成长于我指间的沉默
秋日无限放大
秋日里沉睡着橘红的妻子
向我无比宽广的沉默静静走来

沉睡的妻子睁开枫叶的眼睛
唇上涂满橘红的云霞
一种温暖占据天空
一种荒凉滚落大地

一个人死去了，像块石头

一个人死去了，像块石头
刻满南方村子在清晨的田埂上睁眼的花草和雨滴
北方村子围坐在夜晚炕上静默不语的风
刻满祖国，点燃丰收的仪式里舞动着的象形文字
刻满村子里从古到今，从现在到永恒的饥渴与悲哀
那些天空下的火焰都在一瞬间宁静了，像石头微笑开
的无数裂口
这些巨大而荒诞，祖国大地用不断向下的深沉微笑出
的痛苦裂口啊

一个人死去了，像块石头
一个人孤独地挖掘着村里仅存的一口干枯取水井
他的幸福是为全村人解渴
一个人怀揣质问走遍南方的水田和北方的麦地
像无数在耕作和收获着的村子一样，他要为兄弟姐妹
们解饿
他在收获自己那一份贫瘠和苍凉的时候
没有忘记温暖矗立在地里和风中用黑色眼睛期待的兄
弟姐妹们

没有忘记那些茫茫黑夜里祖国的仪式和火种
没有忘记太阳是怎样无私的给予

一个人就此死去了，他不是太阳，他更像一块眼泪流
干的石头
刻满雨滴、村子和祖国伤痕的石头
他不会风化
他被大地劈开的疼痛将会被兄弟姐妹们在广袤的天空
下一一拾取
他永恒分裂的形式将会被一个春天用幽暗收拢在黄土
萌动的种子里
他会继续在祖国的大地上躺着，热爱着，悲痛着，沉
默着，像块石头

阴 天

每一次
站在沉着脸的天空下
像一棵秋后的白杨树
伸出无数只干枯的手和孤独
我怕我一辈子都不能再次抓住
那片绿叶般赤裸着的阳光

水　田

在春天，一面镜子
安放着家乡农民最诚实的梦
多美丽的梦
插满绿色秧苗的田里
无数弯下腰的身子
用水的映照高过天空

最后一次

这是最后一次吗

看着窗外的黑夜宛如一场幸福

漫漫无边

十一月，我依然陌生地生长在哀愁的地球上

像用尽一滴水依然难以想象的蓝色

一滴水只能渲染一滴水的世界

这是最后一次吧，我是一滴盲目的水

在此之后，我就是完全陌生的广大世界和海洋

半边月亮

拨开黑色的云
我要在黑色夜空
挂上半边月亮
半边银白，半边思念
照着偷偷喝醉后
脸红红的你

就躺在故乡的田野里

就躺在故乡的田野里
像一株湿透的小草
依偎大地
在雨中用幸福将双眼紧闭
呼喊蓝色的日子在此处静止
风声消隐
一群亲吻泥土的雨滴
和那些再也意想不到的遥远
你们都是我所热爱的

情　书

一阵寒风翻遍我歪歪斜斜的木房子
翻遍我贫瘠的书橱和粮仓
翻遍我自己，一把年轻又沧桑的骨头
找到一片落叶，一碗海水，一支白蜡烛

我会在冬天的晚上哆嗦着把它们交给你
我心爱的人，这是我最后也是我所有的情书

麻烦你，借你一点星火
将白蜡烛点燃
或者将海水倾倒在落叶之上

看　着

看着黄昏的河流
看着黎明的河流
看着劳动在太阳下长满双手
看着爱情美得像两块黑夜的石头
看着幸福即将铺满整座大地
却又转身远走

写在关田村

一

水墨的天空下
流淌着山峦和田地淡淡的剪影
和着空白的风
祖国曾用冬天无数次展开
每一座村落画卷般柔软的安宁
我彻底陌生的踩在冬天
这简单而寒冷的勾勒后
绿油油压弯的田埂上
一两株油菜花开了

二

这村子一定有许多为我陌生的坟头
素未谋面的人们
青草一样自由地活过，伸展
然后在某一刻

把身子的谦卑悄悄放进泥土

这些睡着的人们被大地披上厚厚的衣服
也许他们会忘记了
翻身起来应该提刀劈柴还是挑水喂牛
忘记了，日子应该怎样闲暇和忙碌
那些忘也忘不了的亲人们呐
逢年过节来看看吧
也不必洒下几点泪
在这站会儿，就像在一旁沉默着的树

三

村前站着一座歪歪的小庙
村后躺着一些静静的田地
都是些把身子放得不能再低的人
被年月折得发皱的崇拜
面朝永远干笑着的黄土地
捧起永远哭丧着脸的泥菩萨
一阵向天空弥散开祈祷的青烟
一幅将生存画满土地的坛城

四

请客的朋友是小骆
喂过牛的孩子

吃饭的是我们
一群制酒工人，小骆的同事
开饭了
一位老人，小骆他婆
站在乌黑的回风炉边
用手搓着青色的围腰，客气地说：
"没啥子好招待你们的。"
看着炉子上挤满热气腾腾的杀猪菜
和这个冬月里杀猪的日子
我有一种想哭的感觉

风　声

远远地走来了
风，带上咸腥的行囊
被落日席卷的波浪
夹着黝黑的平静和呐喊
洒在滩涂
原来是一群破碎了的石头

于是又走来另外一种
风，用力粉饰
春天断裂的余火
从一切身子里扒出
海子的声音
无比鲜艳

冬 天

你走了
分不清黎明还是黄昏
雨蒙蒙的街上
就此空无一人

抱着一群灰白书页
我正准备赶回北方
厚厚的春天睡在黑土地里
用拥抱和颤栗召唤着

一只南辕的鸟
病了
在上升的纬度中飞得逐渐深沉

为什么

当一个永恒的疑问
从你心底的羞涩和好奇冒出来
遍布在我沉寂着的黄昏
为什么
面对落日中央的土地，河流
和一切无限燃烧着的美丽答案
这淡蓝火焰低头的时刻
我已经羞于说自己是一位诗人

致诗人白垩

你从海边赶来
从阳光的村落赶来
一万里行程如许尘埃
我知道你满怀着另一片
庄严故土

难以湮灭的精神之火
你已抵达过未来
存在比梦更遥不可及
我看见你此刻和着眼泪
在杯盏间晃动的神灵与虚无

或许我该沉默着
倾听你谈及心中的
那曲草原、春雨
以及在塔尔寺
经轮如何让爱情彻响
佛光如何让众人悔悟

十二月

十二月的河流表面

无数粼光闪动辉耀

十二月的河流表面形成一种风景

陷入宇宙空洞之眼

十二月的牧羊人将雪白羊群赶上河滩

仅剩的青草如星倒塌

巷　子

瞬间收拢的天空
如岸
两条黑线淹没影子和声音

这巷子
像条奇怪的船
进去的人　划个不停
而它始终向后

悬得墙那么高的叶子
一簇小小的乌云
巴掌大的担心

用狭隘的肩膀来丈量
这巷子也很宽
但脚下只有
去或来的方向

两个莎士比亚

一个风度翩翩的莎士比亚从窗台上跌下来
一个疯子般的莎士比亚在幽闭的门外哭喊
两个莎士比亚
合二为一的男人已深刻理解并写下了悲剧

致梭罗

一

一天天，日子划过丛林
阳光和黑夜憩息的脸上
阴影里端坐着微笑的老虎
等待那个疲于劳作的人来到水边

二

分工开始
有人扮演土地，有人扮演果园
有人扮演房子，有人扮演花卉
有人扮演眼睛，有人扮演嘴
太阳下永不落幕的悲剧
一群独特的观众
扮演着代替黑夜流泪的诗人

三

使者降临
史诗般的孤独传遍世界
众口纷纭的巴别塔
再次陷入缄默
上帝在蓝色尘埃里
手抚海洋之城
混乱的人类，集体沉陷

四

拥有智慧的人不会绝望
拥有本身又将是一场谎言
阳光下没人能拒绝影子
也没人呼喊：我要！
于是在长久的黑夜里
你陷入星光与沉思
在瓦尔登湖畔
水流始终环绕着一种困顿
于是我向你学习到嘲讽
走进这处幽暗的树林
我和你开始享受这
稀有而相似的一切

一切都与阳光有关

一切都与阳光有关
说出这句话时
我在黑暗中吻了自己的手背

你站在妈妈身边
用冻红的双手擦着蓝玻璃
你带着冬天绒绒的毛线帽

一定又沉默了
你没有想到要说出来的话
或者你喜欢上
这样静悄悄的时刻

一切都与阳光有关
你就站在那阳光里

断　句

日子一天天　变得清澈
而我　渐渐模糊

时日漫长　时日宝贵
开过花的木头
身体在水上
灵魂在地下

沾满尘土的爱情或雨水
你的笑
让我用沉默代替喜悦

被折断的句子
覆盖了空荡荡的记忆
我只能寄予下一次星夜
当天堂浮现在冥想的背影之前

聊　天

站在广场的边缘

谈论叔本华　尼采　黑暗的影子

笼中灯光

我们的眼装不下的一切

这些风景或监狱已经破碎

只由你的心　重新构成

所以我无法对你描述

无法说死亡

是一个整体

这不断在失去的整体

只剩下一场火焰　钟声里的

老皇帝和我

还有那哀婉的夜莺

能让真正的人

痛哭　重生

命 运

一群苹果在枝头
掩盖不住颤栗的阴影

一个人在树下
祈盼丰收落地

上帝时刻准备着
咬下致命的一口

拜 坟

我习惯性拜倒
在一位已故亲人的坟前
父亲喃喃自语
点燃蜡烛　和香
层层叠叠的黄纸
白昼里烛光微微
青烟袅袅
或许应该祈福吧
我想不到要说什么
泥土和青草悄悄润湿了
我的双膝
这坟头依然陈旧和破败
眼前的土地依然辽阔
无限生机

葵花籽

一定要写下这些葵花籽

在人们张开现实的嘴里

它们的受众比诗歌更宽广

那一定是我们最接近太阳的时刻——

抓起一把回风炉上烤着的葵花籽

和家人聊聊琐碎的事情

用最熟练的嘴型和锋利的齿尖

轻轻嗑下，那饱含阳光的瓤儿

混着口水和舌头的翻滚

作为一种无聊的味道，太阳

即刻被吞下

看着涂满一地黑白分裂的葵花壳

我想起了海子的身体

梵·高的耳朵

快乐王子

在黑暗里向你挥手
我已用尽了一座浮华的世界
剥离那些闪耀的蓝色和星光
我用纯粹的我向你挥手

披覆黑暗的完美身体
灵魂的雕塑
抛弃宝石以及黄金
给予一切爱者灰烬的眼神
在生之广场
留下一颗永不消融的铅心

憧憬着埃及和爱情的燕子
热衷于死亡
这位来自春天的信使
将广漠的飞翔
停驻在你的窗台
只一瞬间
带给你永恒的快乐和眼泪

夜色给我摊开一张笑脸

夜色给我摊开一张笑脸
你的笑脸
得意而暗淡的夜色

一

一道门
一扇窗
一堵墙
在黑暗的壁垒之中
有些温暖是小小的
午后三点
一束纤弱阳光必然历经此地

而我一抬头

一个人
一盏灯
一支笔
活在巨大而空白的纸上
有些文字是小小的
凌晨一刻
一缕细微风语必然掠过世界

信 Sonnets

过去，我曾经倾听过你的声息
那些潮水般的诺言
在海滩上摇摇摆摆
无数个黑夜也随之消寂
我忆起那群巢居的灰白鸽子
它们的腿上绑缚着让人昏睡的隐语
冬天的时光在翅翼的边沿抖动着
盘旋的旅程回到了古老的起点
多像冰冷而白亮的浪花
将孤独的和沉默的汇入欢愉之境
过去，我曾经为你的爱情而颤栗
因为那些永不颓老的原因
"年轻的岁月不可比喻。"
我知道了，我已经知道了

让 我

让我孤独的
憧憬的
绝望的
燃烧的
死去的
苍白的
爱啊
让我看见
在一切变幻中庄严的自己
让我心存敬畏和感激

爱

雨下了一夜
雨下了一辈子
雨在
下一辈子
又下了一夜

黑暗中
我摊开双手
全是
雨滴
我合拢双手
又全是
谎言

时光在你的眼里

时光在你的眼里　闪烁不安
整个颤栗的秋天难以言说
一连串死亡锈蚀了一支笔的尽头
一缕树枝与风暴令人绝望的接吻
无法静止　无法宁息
时光在你的眼里　全都在你的眼里
一切树枝和风暴席卷着呼吸的中心
震荡时光的你的眼睛　和我的泪水旋转
一切变得闪烁不安

生活在

生活在美丽的厌倦中
我重复着选择和被选择

生活在美丽的厌倦中
我重复着质问和被质问

生活在美丽的厌倦中
我重复着死亡和蜕变

世界上仅剩的
全部都是

生活在美丽的厌倦中
的我

萨　福

在雨里轻轻
念出你的名字
萨福

也在雨里轻轻
念出我的名字
萨福

我们陌生
但一定有某种神秘的关联
萨福

雨滴急剧坠落的年代
我听见你的美丽如同
你的名字　我的命运
萨福

从春天开始

这是我遗落已久的声音
鸟群在晨光里啼叫
我从一个深渊的黑暗归来
这是爱情的声音
古老的春天　古老的空气
这震撼地心的微微歌唱
动摇着死亡坚固的气味
这是火热的声音
鸟群在晨光里飞舞和啼叫
这撕碎了造物阴影
还我温暖和血流的声音

在这永恒的春天

在这永恒的春天
只有我是易逝的影子
在这永恒的春天
枝头垂下了雨滴
枝头开满了桃花
在这永恒的春天
木门内居住着我
窗台上安放着我
风轻轻动摇着我
幻灭着我

相　遇

相遇的眼神
是世界的边缘
纤细又
不可延展

听见你的声音
从转角传来
是我不曾了解

远去了
身后的世界会变黑
我们目光短浅
看不见另一半的白天

分　离

远在北边
我的眼睛
看不到南面的世界
诗人说了
能看到你心上的蓝天
我就仰望了多年

身体里的雨丝
早已干枯
只有在夜的梦里
找到那一场小雨

多年后才会明白
可这又成了挂念

偶 然

偶然是你淡淡的
回眸
深深打下的印记

偶然是一些不经意的
细语
引起哀伤的怀疑

偶然是那天蒙蒙的
小雨
润湿了相拥的身体

偶然是你远在天边的
泪
为什么会滴入
我的心底

我永久失去了这阵波纹

我永久失去了这阵波纹
在日日夜夜泛逐着你的影子
午后阳光的水面
雨伞，和树荫下的童年
悄然潜入了蓝色的深渊
只有失去才是永久的
如今四月又至
一连串繁花凋敝的日子
我从未了解过自己
不知何为爱情
也不知还能失去点什么

从窗户走

某一天
某一刻
我不能确定
我是否已绝望
我和文字对抗
和你
我失去的语言
和忧愁
和所有
名词的悲哀

夜

像一段沉重的旋律
浮出了水面
夜
我听四周寂寂的水响
被黑暗的流动所刺伤
我伸出双手摸也摸不到的疼痛的
夜
和凋零在远方的身体
和那微微凑拢的唇

欲望的声音

欲望的声音

滚动

充满白昼

我们

顺流而下

开始哭喊

你

踏碎了的梦和面包

你自己的

碎屑

都在

那声音里

飞舞

而夜呢

夜里你被上帝捂住的脸呢

我　有

我有　整面窗子
我有　整面阳光
我有红木椅的
格栅阴影
我还有
跌入镜中的
整整
一下午的无聊

我有
你不了解的语言
在你安睡的夜里
在寂寞深处
像一些黑铁马蹄
高高
踢踏着我的头颅

我住在这儿

这是我仅有的城市　天空　和广场
我住在这儿
在众多噪音里我确信
在开始打扫一天的碎屑时我确信
在孩子大哭着找妈妈时我确信
在女人被男人打骂啜泣的空旷子夜我确信
在背书包上学的孩子充满清晨的阳光和幻想时我确信
在两盆小花站在行车道上还没被压塌的瞬间我确信
在你雀跃欢呼好像这一切都不存在的时候我确信
在你灰尘满面悲伤得一滴泪也掉不出来的刹那
我也确信

永　恒

所谓　永恒
不过是你在我心中
泛起的第一道涟漪

雨

雨
洒下来了
带着天空的灰色
带着对我们的怜悯

在伞的顶部
沉重的事件一一滚落

两种美丽

布满阳光的土地
布满雨水的土地
我只需要两种美丽
一种是诗
一种是你

摸不到的

摸不到的
那一段距离
并非凑拢的脸庞　发丝　和新衣

也并非能感知的温度　能量
刻在仪表盘上的数据
从不问为什么
就开始跳跃的
红色指针

病入膏肓
药片难以抵达
血液难以停止翻滚
除非

屏住呼吸
屏住对未知灵魂的恐惧
放下自己
仔细观看

在你心里躲藏的世界
或者你就是世界
——被企图控制的一切

那一段距离
美丽的
摸不到的

如果突然在春天遇见

如果突然在春天遇见
水上葬花的姑娘
明亮照人
我会放弃所有
幸福的种子和泥土
跳上小船划开双桨

阳光压弯穹顶
河岸浅浅，河水上扬
如果突然在春天遇见
水上葬我的姑娘

雾

雾笼罩着整个城市
雾笼罩了你和你的一生
在朦胧的人群里
我们将找不到彼此
只有雾
只有雾的真实
只有雾淹没的脸孔
只有雾随一切的形状和踪迹
也只有雾使我空有毕生的
热爱

暗 恋

我暗恋着这一整片荒地和易碎的生命
播种者撒下了过多的星光
我说不出来　宏大的夜空下
我默默吞掉了整个冬天的种子和粮食

我暗恋着一些赤红的岩石　甚至绿阴阴的河水
在那个夏季　回忆或是一群欲望的收割机
我说不出来　裸露时间的火焰里
自由飞翔着白鸟和歌唱　我已负债累累

一杯水的命运

一杯水　透明　静止的波澜
一杯水　无味　没有悲欢
感觉只是你虚伪的舌头

一杯水　倾覆　破裂的纹理
一杯水　狂躁　没有色彩
感觉只是你虚伪的眼睛

一杯水　对你揭示死亡
和各种雷同的命运
我吞掉后头也不回

爱　情

我们突然在秋天里相遇
抱紧
这就是爱情
这就是让我们忘记是秋天　让我们突然相遇的
爱情

春　夜

在只能谛听雨滴声的夜里
我怀念着你的黑暗与优美
春日辽阔　四月无边
在苦难痕迹中
我仍是高举花卉的梦游者
时代已于心间丧失
真理的景象入土长眠
我唯以梦辨识着
无穷闭合和滴落着的春夜

夜

夜
你孤独得只剩一双
红舞鞋的世界

夜
天花板旋转
你爱着

你不能够唱出来的疼痛

夜
我们爱着
并在爱中丧失自己和记忆

在五月

在五月
整座大地的狂欢节
树木疯长
我行走
天空不断落下火焰

在五月
无数颗心的面具诞生
暴烈的绿色里
我遗忘
所有暗淡的昨天

在五月
这个不适宜落泪的
季节
我狂欢
那些用尽全力拍打空气
和灵魂的树枝

树

把身体交给一场暴雨
把思想交给一阵狂风
你　是一棵树
我也曾是一棵
苦恼的树
彼此孤立　张望
伸开又凋落枝叶
刻下死亡的时间
燃烧过的季节
然后就知道
爱是怎样虔诚的祈祷

周长骑的诗

（2016—2017）

我们将完成两次相逢

我们将完成两次相逢
一次在水上
在万物漂泊的春天
我们初识
落下彼此的光环
将一切推入不可知的
爱的深渊

另一次在地下
在尘埃下降至泥土的秋天
我们腐朽的躯壳
沉入无边的黑暗
那地里冒出稀疏的响声
是我们穷尽一生
尚未说完的情话

爱 着

因为还有一丝鸟鸣
会从这凉薄的天空落下

因为爬山虎还待在冬天
湿滑的峭壁上抽绿着

因为许多人已经走远了
他们越过的时光
仍在我们眼眶里发热

因为即便是一滴浅浅的露水
仍会晶莹地终结
整个寒冷而艰难的夜晚

因为无论悲伤欢喜
活着还是死亡
我们都在爱着
爱着，这珍贵的人世

深蓝色诗集

日常生活像一本深蓝色诗集
而封页只属于
一颗霜冻的流星
索德格朗
她全部的话语
以夜晚缄默的形态
伴我穿过茫茫银河系中
某处微渺的地址
凝望与洞悉
存在于无数空旷的时刻
并非阅读
而只是窥视
呼啸而来的火焰与碎片

今天早上我的爱

今天早上
天空阴云密布
天空是云层无意
布建的深渊
许多年来
我抵抗着
对你的爱
让它们缓慢地铺垫
于暗处盘旋，上升
而今天早上
天空
突然失陷
阴云密布

春 雨

雨声绵密
仿佛我们经历过的
所有世事
都在此刻归来

新　雪

过程是白茫茫的
万物在瞬间长满羽毛

像一种假想或神谕
我们所在之处

陷入不可回溯的结局
或另外冗余的开头

新雪渐下
徒添虚幻之美

新雪和我们一起
从天空往深渊，缓慢地跳

英　雄

这个清晨依然沉浸于
细微的古代浪花之中
房间墙壁的蓝色斜纹
动荡，不安
偌大的天空
在明亮的静谧里
徐缓地舒展
倒在床上
我想到那本书中的男子
饮酒，作乐，交朋友
某时会对尘世大声嘶喊
把箭镞插进自己的心脏

在冬天的早上读罗伯特·勃莱

窗外，黑暗的山体
停止在地平线上延伸
冷雨洒落
白炽灯投射出
局促的认识论
潮湿的草地
与树林孑立的躯干之间
有一种思想像死亡一样肃穆
我偶尔尝试独处
远离缓慢而笨拙的群居动物
在我心里，一处冷火
和许多处冷火不停跳跃
黎明到来了，勃莱
只有那悲伤像一群细碎的浪花
轻轻越过我们

秋天正在荒草地里蔓延

秋天正在荒草地里蔓延
我则待在一株荒草上爱你

一株荒草的爱是有限的
一株荒草连接着另一株
荒草

正如我单薄而有限的爱中
饱含了我们
对于无限的渴望

雨　中

他感到雨中的一切在远离
他怀着无法说出的热切的爱
即将被扑灭

他陷入雨的空茫
一朵云于一座天空的坍塌
他已感觉不到其他

在这里，雨所统治的世界
只有一场灰色的大雨
只有他的下坠，冷却

关于一棵树的孤独是什么

当他从地下若干腐朽的躯壳里抽出
如星辰般破土的绿叶与茎干
关于一棵树的孤独是什么

他的本能是贴近与再贴近
一再缩短与上帝的距离

向着自由的天空散发
他内心的沉默与遮蔽的枝丫

于无声处滋长蔓延
他的创造是不断增添的阴影
与阳光同存

画　鸟

我见它于暗沉的暮色之中
勾画，起落

用其新丰的羽翼与引力抗争
在空气中一次次跌宕回旋

它雀跃，高呼
收敛不住命中满盛的悲欢

藐视命运黑洞般的吞噬
像极了年少的我们

打水漂儿

年少时
我们玩一种叫打水漂儿的游戏

我们在岸边寻找
又轻又薄的石头
攥在手中

斜眼瞄一瞄
用切割水面的手势
丢出去

看那石头在水面上
漂出层层涟漪

有时石头漂得很远
我们就在岸边欢呼，大叫

也有时那石头
一头栽入水中

我时常想到
那些被我们选中的石头
那些被我们扔出的石头
那些漂得很远的石头
那些漂得并不漂亮的石头

它们全都沉入水中
至今也没有传来回音

在我静默的时候

在我静默的时候
我想到了你
也许那并不是你
而只是你留给天空的笑容

在我静默的时候
我想取回昨天
被我否定的一切
它们可还安好？

在我静默的时候
身边的一切无法阻止
我的静默
可能是因为你
这是个不错的借口

在我静默的时候
也许我只是想停顿一下
做些准备
为我们平坦而枯燥的大地
划上一道激流

想到你时

想到你时
月亮正从河边升起

想到你时
月亮正在河边陷落

想到你时
月亮距离水面
一层柔软薄雾的遮掩

想到你时
夜空的星辰
围绕在我身边
发出淡淡的
光

在上帝看不见的地方爱你

远处，有蓝色的天使坠落
你掌心就泛起一阵波纹

漫长的空气中
我们正在失去彼此短促的温度

直到生活的黑暗将它们卷积
直到曦光中达成新的平衡

这意味着每一个被摒弃的夜晚
都是无比珍贵的

那些微尘升起的时刻
我们只属于想念

没有抵达只有徘徊
没有彼岸只有深渊

我们消失在蓝色天空的两端
我在上帝看不见的地方爱你

微风掀起的

微风掀起的清晨
你醒来
向我投出一道温暖的光芒

圆桌旁
你摘下一片面包
并将它蕴含的甜蜜气息
扩散到周围
于我，这是一种巨大的吸引

而在你乘车离去的时刻
世界已被拉得很长
岁月仿佛不在其中
我知道你终会归来
夜晚需要我们一同入睡

这些画面让我感伤
让我对时日
常抱以慵懒之态

这些甚为简单的琐事
都并非奇迹的瞬间
但它们真实地穿过了我

并领着我们
通往那未知的涟漪
微风掀起的
一次永恒

这一天

这一天，阳光高过一切
当然也高过了我
和我所隐匿的生活

笔端消磨悯殆的岁月
在阳光下依然闪亮的
残铁与废墟

这一天，我突然想回归静止
回到岿然不动的光芒之中
不再保留对任何事物的渴望
只是照耀，持续的照耀着

直到失去我内心的热度
直到我光影俱灭

七夕断句

这想象中无法静止的河流
这突然闪裂的群星
这推开而永久不能闭合的窗户

今夕何夕
今夕是我寻你的朝朝暮暮

你织群星于机杼
我乘须臾之光而来

两情若是久长时
不知流年为何物

欲寄此生于流水
欲寄此生于不灭的星辰

夜星啊
为何你如此闪烁
爱情啊

为何你如此诱人

两颗星
两个人
漫长黑暗中
我们各自散发出
穿透彼此的光芒
却从未有丝毫靠近

为何我们流落在传说中的爱情如此动人
为何我们体内有着陈旧的星辰在破灭

剩下的都是废墟

剩下的都是废墟
逝去的才是天堂

大海就在不远之处摇晃
面对空无的边际
他这样说着

七月的阳光
黑色的火焰一再抬高

他体内深埋着
洁白浪花的孤冢
她是水与火的悖论与覆盖
他这样说着

你们将拥有这片大海
而我只愿拥有对她的渴望
他这样说着

时光如潮
从他发肤之上褪去
一个天堂
剩下的都是废墟

凌乱之书

一场暴雨
下到了夜的暗处

整个夏天的信笺
已纷飞

墨滴迟滞于砚
你内心的留白
无法打开
命运这本，凌乱之书

晨之玫

清晨，一些遥远的声音
传到我的耳边

这静寂的，细籁的响声
不知从何处来

但我感到了它们
一束玫瑰待放的遥远与迫近

终于在我的清晨绽开
隐约又如此静寂

更多的声音会抵达
更多玫瑰的绛色与火光剥落

简单一些

一

直到我们不再说出
如月亮漫长的失语
我们对坐
对望
对饮
一切都停驻于轻柔的月光之下
一切都流淌在月亮隐秘的杯盏里

二

你说：简单一些
我们回到童年

回到我们初玩泥巴之时
回到一颗玻璃珠子晶莹的内部
那旋彩的玻璃花瓣之上

回到我们尚不知幸福为何物
幸福却搂着我们的年代

目前，我们略显复杂
复杂得不知为何悲从中来

三

你从大雾中归来
正是我幻想已久的时刻

我亲爱的小伙伴
我们此时不要谈到爱情

也不要说出你遗落之物
请把它们保持在你身后

说说你孤独溢出的时刻
电话里响着母亲突然
大哭流泪后的温暖

遗 言

对于易碎的芦苇
似乎有什么是
言辞难以触及的

他心意已决
退出这臆想的黄昏
以黑夜广大的帷幕遮蔽

在那残存的夕光里有着
无数坠落的芦苇
最后一次如云霞般起伏

就在这黑夜升起，淹没
柔软人间的时刻
沉默并爱着是他唯一的遗言

电视台速写

整个夜晚
我与那些无声的麦克风为伴

鲜亮的光影着地
黑暗在通过这些甬道

轰鸣让人感到微微的眩晕
像震颤落叶的秋风

被刻画的事物永久地关上了
那起伏的暗门

饮下心中汹涌的茅台

——致兴文县诸位作家朋友

自川南石海而来
你们穿越了赤水河的激流
逶迤的群山
接受冥冥中乡愁的召唤
大河两岸
一衣带水的乡亲
如一粒盐于不屈的回溯中
闪耀着蜀道的光辉与艰难

而在黔北之北
只属于燃烧和坠落的夏夜
我曾独坐于繁星之下
触碰山河的柔软之处
也曾与你们席地而拥
饮下心中汹涌的茅台

一条红色的河流

一条红色的河流从我身边穿过
蓝天之下
她带走了
我对你产生的幻想

这个清晨
也许还有别的善意的事物
提醒着我
生活美好的部分
与暗中存在的断裂

但它们不能使我感到宽慰
一条红色的河流正从我身边穿过

空中漫步

在手机的音乐播放器上
我滑动手指反复拉回
让这首曲子停留在她前段的
无限循环

我喜欢一个故事的开头
胜于它的蔓延与结尾
我喜欢这柔软的序曲胜过其他

就如对于命运
我往往迷恋其致幻的部分
我所知甚少
也如莎士比亚所言
"我将上帝赋予我的一切都奉献给了你，
但猜不到这故事的结局。"

我想起黛玉透着寒意的聚散之论
这刻意的回避终将是徒劳的
她秉持着内心的桀骜，不代表

生活就会放弃
成全和摧毁

而我，一个充满幻想的悲观主义者
将重置她最初的欣喜与试探
让这曲子回到她曼妙的起始
——我们在空中漫步

理　想

多少年前
他们谈及理想
说去草原
煮一碗面
还要看风
看风吹低的草和牛羊

多少年后
他们碰头
只是喝酒，喝酒
捧着酒杯
惦记着那草原

那风
吹低的草和牛羊

四合院

瓦砾所修饰的天色
连同这一抹青山起伏
风中摇晃着孤灯
悬于屋檐之下
独立于夏天的困扰
涂满朱红漆色的木廊
从未流泪

河岸旁有大柳树
蝉鸣自空中落下
盘踞这低矮的时辰
古人所立之书："倒踢紫金冠
己卯岁"
深陷河流中央的漩涡

他越上青石阶
正是落叶聚拢之处
众枯草在此完成
局部的相逢

而一只蝴蝶徒然飞过
翅羽间溢出宝石的魅蓝
如同午后此地升起的虚幻

远远看来
这座年迈的四合院
骨架早已倾颓
在梯形天空之外
隐隐露出它深入黄土的眷恋

庭中散步

这圈套中所见的
片面的天空
并不影响他湛蓝的本质

被青色瓦顶切割
他呈现出
一座金字塔对于触碰穹顶的渴求

庭中有树
有无形的绳索
牵系着变幻的流云
摇动，消失
在散出的枝叶间

这卵石铺就的
一段近乎平淌的光阴
隐藏着起伏的界限
与尚未生成的骇浪

唯有光芒的跌落难以怀抱

他感到

存在并拥有是同一则

奇妙的伪命题

暮色正从阳光的另一面赶来

五月二十四日记事

现在，雨滴从梧桐叶的间隙洒落下来
何首乌张开她碧绿的掌心
准备盛下这些晶莹的水珠
几只戏逐的小鸟
从一处湿滑的树枝，选择
跃向另一处
并非躲避
它们的叫声充盈着欢快与兴奋

在远处，蓝色的大楼上
有一位绑架自己的女人
她想用雨滴下坠的方式
溅起人间的一缕尘灰
这生命不能承受之重
与突如其来的深渊
让我陷入忧虑

明　天

时光里站着一个战败的人
所有过去的时光
以被击败的口吻
站在那里
一个灰暗的人
与他心中所爱的形象
站在那里

不是流星掠过的夜晚
也并非光耀一瞬的白昼
我不知道他的明天
将有着怎样的爱的方式
与到来

我们是怎样步入夜晚的

我们是怎样步入夜晚的
看月亮在天上斜行
看一个孤独的人
在天上斜行
看他的身体
折射出夜晚冷淡的光

我们怎样创造出
一轮孤独的月亮
以便映照我们自身
一个孤独形象的投影

想对夜空说些什么

雪还未至
这仍然是一个寒冷的冬天

绯红的夜空徐徐展开
在那里悬系着一颗巨大的心脏
不再跳动，使我们安定

而我们仍然是被夜空捏造出的
柔软的雕塑
突然想对夜空说些什么

南部的星空

整夜，我们望着这座城市南部的天空
我们眼底寂黑，无光

我们空洞地望着
接受那些来自阴云之上的星星的闪烁

那陈旧的星体迸出令人晕眩的波浪般
层层卷积的光芒

整夜，我们在暗中漂浮起来
成为和那些星星一样的，深空中的尘埃

真实的一天

在这里看不到花絮般的云朵
看不到一阵轻风如何使得
整座天空偏移
看不到一束小小的雨
如何透过远处静穆的窗户抽泣

在这里看不到所有疯长着的植物
那越过春夏而燃烧的藤蔓
已垂入暮色横亘的秋天

在这里活着是安全且乏味的
我们将迎来那个埋伏已久的结局
我独自路过那些破败的比利时杜鹃

中午之诗

整个中午我在搜寻
深得我心的诗句

就在几天前我曾读过
她们简约，美丽
如坐在山中破散而晶莹的水珠
全都出自一位无名诗人之手

我确曾满怀欢喜地读过
但这个中午她们已面目全非
天空下仍摆放着
她们唯美的死去的轮廓

整个中午只有鹰在高处盘旋
而我晶莹的猎物仍让我
陷入遗忘

写给我的老外公

一个人的时间简史
在这无风的小土丘上停驻
青色墓碑上刻下他的名字
生卒年月
他生活过的地址
他的儿女，亲人

唯一的遗憾
是这墓碑太过渺小
不能够翔实记录他
这一生承载的喜乐
在八十八条河流一样蜿蜒
漫长的年头里
那些陡然翻卷的浪花式的哀伤

茅台彩虹桥

这夜是属于蜀山的黑暗与陡峭的
彩虹桥下　赤水河暗涌

风雨已来　在此岸
发酵的气味由虚空中跌入泥土

众星有如旋转
一缕光芒飞跃了十年的羁旅与梦觉

酒香自黑夜深处漂泊
彩虹桥上　流金的事物如露如电

众生相

雨后
海棠花洒落一地
观赏橘
被擦得锃亮
杜鹃花
夸张的
浮在一簇叶子之上
山茶花
还苦守着她的蓓蕾
未开
只有那盆
被特别关照的蕙兰
冷幽幽的
在客厅
遗世而独立

寂　静

阴天，阳光是不易察觉的
乳白色
高高的塔吊还在人间旋转
仿佛总有一种
毫无情义的工作
是尚未完成的
喧闹以玄学意义切入
生活的斜面
灰喜鹊叫过几声就飞走
它鼓噪的腹部
贴近渊深的大海
窗前榉树垂下
锯齿般的叶子
仿佛有几滴雨
在我的头顶洒落

春山空

一

在山坡上
我们谈论德布罗意物质波

谈论到底是什么
使这春风里的一切
诞生
又使她们变得
水波一样柔软

仿佛细微的生命
浩大星空
在无限光与暗中
徘徊蓬松的宇宙
仅仅来自
我们心底一阵初恋的幻蓝颤动

二

野草在荒山上奔跑
一个逆着春天而行的人
在山上几乎
不用说话

野樱桃花只会
在半山腰绽放
马桑花只会
将他的毒辣
对准他爱的人

三

春光无限美好
我们无限卑微
路过湖边时
我们望向
湖心那些残荷
那影子一样焦灼的残荷
渐渐聚拢在一个
黑暗而孤子的中心
周围满是春天
疯狂的绿色水草

四

站在此山上
我感觉我和你
有着无穷远的距离

如果我们曾爱过
像瞬间挥过深空中
一对彼此纠缠的光量子

我会选择在离你无穷远的地方
悄无声息
湮灭我的一生

无题　赠润生兄

晚饭时
我们谈起唐诗
谈到那个空翠的人
折返山中
而世上
正有大风吹拂某地
吹来一阵急雨
恍若心间
无法安栖的惊鸿

饭后
我们走到湖边
你说这几处人家
灯光很暗
我说这汪
摇摇晃晃的湖水
在入夜时
仍难以入定
她们多像那天上
永不闭合的眼睛
危险而又幽深

午　餐

站在排队候餐的人群中
我感到孤独

我看见她们隐藏在蓝色、红色
橙色、白色的外套下

年迈的、年轻的
健壮的、丰满的
也有体弱、腿瘸的
她们叽叽喳喳说个不停
其中一个把自己靠在墙上
像被命运吸附的尘埃，一动不动

不止一次
和她们一起排队等待机关食堂的午餐
我感到孤独

寻常的一天如何度过

起床
清点窗户上镶缀的云朵

饮水
唤醒一条莫名穿梭在身边的河流

散步
与花园里低矮的小灌木交换生物气息

阅读
忘却一颗星星
作为宇宙囚徒闪烁而黯淡的一生

闭上眼
对这个世界
他保持着梦呓一样自由的爱
无边无际

道旁的树

道旁的树
在暮春的晚风中
递出柔软的枝条

此时
我牵着两岁女儿的手
在路上走着

我试着为女儿
一一喊出她们的名字
榉树，柏树，香樟

仿佛不久之后
她就要成长为她们
高大且隐含着
不可避免的忧伤

寻　常

在一个寻常的周末
看书，抱女儿
书页将在我手中合拢
女儿将在我怀中入睡

众多相似的结局在周围发生
命运长河中某一段寻常的预演
我从未试图宣示
蕴含其中之美与忧伤

辛波斯卡，那个沉睡在书中
常常讲着"我不知道"的女人
是否也将在她慈父怀中度过
这样安然而寻常的时光

我们在夜色里谈到了石家庄

我们在夜色里谈到了石家庄
谈到那座还没有高架桥的城市
那是很久以前的事了

我们谈到一座朴实无华的火车站
而非眼前众多闪烁不定的出口
谈到那时我们仍旧亢奋地活着
对我们辉煌且潦倒的生活，从未感到厌倦
谈到那个年代，爱情大多遗落在陈旧的月台上
珍珠一样的发亮，硌痛，和莫名的温暖

我们在夜色里谈到了石家庄
谈到容纳我们的一间小小的居室
谈到幽蓝灯火里缓缓渗出的文字
谈到那些还在晨光里纷飞的信笺
谈到我们身后不断消失的街巷
我们谈到了一座城从未离一个人如此遥远
而一个人离他诗歌的教堂又是如此迫近

我们在夜色里谈到了石家庄
我们此时谈到的石家庄
就如此刻盛开的夜色
我们仍不知其如何辽阔高远
但她一定深情而低沉地掠过了
我们的宿命

清　晨

街边的草木仿佛肃立已久
它们穿越层层薄雾
将生长与腐朽写在同一刻度

太阳此时还在暧昧的云海中
他圆形的刀刃尚未举起
他的光芒已渗透过来
这预兆是多么温和

而在我们不变的居所
微风拂动
鸟鸣替代了夜的默歌
无形的渴望于空中缓缓上升
有看不见的星辰在远处
降落或消殒

写给女儿的诗

当我触及她掌心微微的热
当我的脸颊贴近于她淘气的泪行

当我开始赞赏她在画布上
一次行云流水的胡作非为

当我环抱着这只奇妙的小怪兽
看着她静静地睡去
在梦中也晃动着她的小手

这一切让我心中升起无限的温柔
上天在我和她之间进行了
一次微妙的转换

时光予以返还
我相距已久的童年
那些随风飘逝的美丽云朵
在她眼眸的闪烁里得以重现

远　方

此刻，他与一位从远方归来的人交谈
他们谈及地貌的多样，河流的迥异，
民族的惯性，个人的秉持与善恶生杀
他们喝下第一口酒
巴音布鲁克草原上一束晶亮的蒲公英
在风中摇晃
湖泊里六只天鹅升起洁白的涟漪
她们优雅地梳理着羽毛
试着于大水中扑腾

云朵垂落于昏黄的路辙
夜晚将重归茫茫野草间
他们喝下第二口酒
喀纳斯湖摄人的蓝与奇异的怪石
让他陷入山间迷宫，如失魂魄
一片起伏的乱林让他抚触
几个小时恍惚如一生之久

一条绕过荆棘通往人世的河

那景色简直要了他的命
他们喝下第三口酒
北疆的歌声在山林水石的奇幻中跳动
他身处孤独的布尔津大街上
不敢直视维吾尔美丽的大姑娘
落日已被河流的尽头淹没
两岸风车旋转在永恒的边沿
他贪恋着这些褐色的沙山
遗忘自己褐色的瞳孔与爱情

库姆塔格沙漠无垠的沙砾中
他取走最为炙热的一颗
他们喝下第四口酒
骆驼在土地黑色的裂缝上喘息
在吐鲁番，他心中的火焰已来临
他端坐于枯井之上
面若扑灰的星辰
身如涸泽之鱼

退湿的欲望穿透
大片绿莹莹的葡萄
与血液般殷红的葡萄酒
他们喝下第五口酒
在帕米尔高原
他脚触的道路直抵天空
山地间一簇簇蓝色野花

迷醉似西王母无疆的救药
塔吉克的孩子们
代替诸神放牧的星星
在荒石与低伏的草丛间
闪烁，迷藏一生

头顶着大雪山无悔的照耀
他们喝下第六口酒
他心中的昆仑自西方升起
他站在大地上
一次亘古的停顿
似永远
大风被搜刮起来

在昆仑，万物静而不发
他们喝下第七口酒
那湖泊里隐藏的第七只天鹅已于远方扑闪

人　间

在人间的烟火气的缭绕中
在他们称之为烧烤摊的座椅上

他们翻弄着酱色的五花肉
调整适度的火焰，用于炙烤

他们谈论不可及的远方
身边环绕可爱又"麻烦"的妻儿
这一处似乎又溅起了近距离的油渍

他们吃肉，喝酒，怡然自得
像是活过多年的神仙

而他们体内所隐藏的孤独
偶尔散发出辛辣，刺鼻的烟雾

是这一缕人间的烟火
让他们感到自己真实的存在
庆幸
容身之所并非无瑕的天堂

一片梧桐叶

夏天还未正式终结
一片小小的梧桐叶落了下来
躺在大街上
她上半身写下了春天的翠绿
另外一部分露出人间的昏黄

她静静地躺着，凭风摆动
她渐模糊的脉络
越来越贴近路面上沥青的黑

她从街边那两棵高大成熟
且生活了多年的梧桐树上
落了下来
已无从分辨是哪一棵
她们的叶子像星星一样繁茂，密集
她们并排站立，相互遮蔽，慰藉
彼此漫长的时日

一片小小的梧桐叶从她们中间

落了下来，没有等到秋风
催得她金黄，通透
没有天鹅羽毛般的旋舞
与悲剧的下坠
她安静地躺在地上
去承受人间的一切
让我回忆起
昨夜那场难以忍受的暴雨

走在赤水河边

水声变幻，与他的奔流同在
天空深邃，山河高远
试图描绘其魂魄的人
已深陷于无边际的揣摩

如此嫣红的经历与沧桑
远高过他胸中之竹
一朵浪花暗藏了多少无情的变迁
一朵浪花自高处跌落
带来几许不羁的放逐与激荡

于一条河流的暗面长久地踱步
他不竭地闪耀
谁暗许他命中的轻狂
谁目睹他白云苍狗般的痛楚
谁与他共赴那沧海的盟誓
转瞬的河流，即是一场隐晦的毁灭

雨　后

一切都平息了
低处的坑洼
丰盈如镜面
他们开始闪耀云朵的馈赠
天空因此变得含蓄
泛出平静而亲切的青色的光
风轻轻地靠近如爱情笼罩
一种柔和的秩序正在建立

一位疯狂的男人刚起身离去

飘

我喜爱这夏日的热烈

以及那躲不开的碧绿

我喜爱这云中长久的孤独

血流难以排解的困惑

我喜爱这山坳里短暂的停驻，旋转

突然呈现出大片湛蓝的天空

我喜爱这徒劳的往复

我喜爱这无限趋近却难以触摸的永恒

我喜爱这生命中不可避免的徘徊

我喜爱这熙熙攘攘的嘈杂

我喜爱大风中空无一人的闹市

我喜爱这月下河边寂静的独坐与辉耀

我喜爱这挂上树枝的红眼泪，悬于低处的悲伤

我喜爱被你的黑暗所环绕

喜爱被上帝的光线束缚

我喜爱这动荡的生活从未停息

我喜爱这漂泊的无尽

写给我的小公主

将纸折的星星洒落一地
用你的小手挥舞出
天空的云彩
我的女儿
你是我城堡里欢乐的小公主
我是你城堡里胖胖的黑暗骑士

在画布上旋转着
一座王国崭新的幻想
用塑料吸管去戳开
暗藏梦呓的箱子
坐在地上拍打那些
神情严肃的扑克
再把你闪闪的玩具车
塞进沙发的阴影里
用力推开每一扇
幽闭的房门
带去你童真的光芒

我的女儿

当你大大的黑眼睛

溢出晶莹的泪水

朝着陌生的世界哭泣

并抱紧我

咿咿呀呀

喊出"爸布"

这是我听到的

最接近天使的声音

避免被雨声覆盖

夜凉了
你紧抱着女儿入睡

窗外的世界
仍在黑暗中起伏

像有一阵阵波纹
将我们的小船环绕

这船上，各个方向都已铺满
女儿小小的斑斓美梦

有时候，她在夜里的哭闹
是让我们
避免被雨声覆盖

玫瑰之死

五块钱一支
附送蓝色的纸束
她来自云南

众多的玫瑰之中
选中这一朵并无特别之处
拉开被塑料紧缚的花骨朵
使其得以伸展、绽放

将其带刺的长茎投入
盛水的可乐瓶
靠窗摆放
玻璃将其枯萎的弧度
向暗处映射

这是一支玫瑰
濒死的现场

她身肢纤细

头颅低垂
花瓣泛黑
双手攥紧后
就永恒地松开
那向下的叶片

独 坐

独坐于石阶之下
看幽篁参差
山脊遁入暗蓝夜空

有山风徐来
尚存白日余温
如情歌缓缓而诉

明月垂于肩颈之上
兀自向天南游动

此时若未弹琴
若无好诗
也无须长啸
应向明月默默地索要

在九子岩看雪

峰顶之上
轻雪在燃烧

松枝负载着
暗自泛亮的天空

冬天陡然降落
九子岩下
深藏着一座广大的庙宇

时间将条纹般碎裂在
她洁白的荒野

我们的到达
总是太过攸忽，短暂
如同虚空中
吹来一阵柔软而黑暗的风

被轻雪热爱的人

我总想说出

不能轻易

被生活抹平的部分

如同这苍翠的峰峦

这露出咬痕的沟壑

这深深隐藏的

极慢的流水

以及那个凝望这一切

等待着

被轻雪热爱的人

在落魄的山水之间

他惶度了一生

想在所有雪花之上写下你的名字

想在所有雪花之上写下
你的名字
想在一片足够遥远的天空
散布黑夜
想在四月微雨之时
爱上一个人
或被人轻易爱上

想从记忆之中
——取回这些年
干过的荒唐事
终究并非爱情
而总是孤独
在黑暗浮升之处
轻易引燃
那个孤独的人

情　书

漫天大雪之中
我不关心别的事情
我只关心你
我只关心那么多雪花
其中的一片
终要停泊在
我们静寂无垠的黑夜

一片雪花

一片雪花
是一座极简的世界
一片雪花
是一个因爱恨
而失去过往的人
他晶莹的悲欢
他棱形的孤独
永远消融于
她心间蔚蓝色的天空

大　雪

雪落下来
时间变慢了
我们又来到冬天

我们是一起行路的伴侣
在所有雪花坠落的间隙和夜晚

向前走着，相互搀扶
我们走过寒冷的村子
和大雪遮掩之地

我们将无物可以保留
直到我们行走成
两片坠地雪花的样子

直到茫茫大雪
将我们掩埋

重　演

持续一个星期
雨点不停洒落
天气转凉了
树叶正纷飞
我还在忧虑着

生活里有着长久的变幻
有时想踩一次急刹车
但并不能改变什么

天气转凉了
要过好些时日
才能热起来

而此时纷飞的树叶
将会重演
我们的一生

我们将完成
·
两次相逢

于是在冬天
于是在春天
我看到的一切
都像是失而复得

166

鸟

它们在灰色穹顶与稀疏的雨滴之间
来回飞舞
它们有如逃离一处巨大的樊笼
在雨后的间隙
它们重返既往的啄食，寻觅
它们轻快地掠过低处的水洼
并试图在空中谈一场
鲜为人知的恋爱

我听过它们在云端明媚的歌唱
也听过它们在藏身处黑暗凄苦的低吟
我和它们做着同一个羽翼般
旖旎的幻梦
甚至和它们坠入同一宇宙
柔软的网中

空 山

整座夜都是空旷的
空山

春天在雨滴悸动之前保持着
死一般的寂静

鸟羽发出细微的风声
未绽开的花儿仍在空中
纤细的飞翔

漆黑中我也在为你空着
那些遗落的
我的光芒

秋天片段

一

在最初的颤栗和风雨中
我接近着秋
——幸福脸谱之上即将降临的
火焰与沧桑

二

这一整幅明亮又隐晦的秋天
描摹是虚妄的

站在死亡与落叶面前
我抚慰着种种色泽
难以割舍

三

金黄的风声自高处跌落

荒原以上
群鸟熟知了仅有的道路和沉默

而幻象与疼痛成长为丰收的即景
蓝色萦绕祈愿
灵魂伴随此秋下沉

你不能阻止我对你的思念

你不能阻止我对你的思念
我也不能

你站在所有影像的背后
你是泪水
是视线之外的幕墙

你不能撤销的一种束缚
我也不能

这是该死的爱情
或者痛恨？

写给秋天的你

秋天留下了你终结的话音
结束了
在这秋天美丽的上空
孤独伴随流云

在这秋天美丽的上空
结束了
你的话音

结束了
我是谁？

在这秋天美丽的上空
是你和我的终结

在黑暗之前

你的手是温暖的
你的眼睛闪光
在发丝之上
黑暗之前
你柔软地告诉我这夜晚这瞬间
从未有过

梧桐树下的雨

梧桐树下的雨特别的美
你说

梧桐树下
雨滴经历了我们

细密，柔韧，拥抱
和那宽厚的枝叶

我们接受了这些雨滴
美的庇护

有什么是无限的

有什么是无限的
美
已戛然而止
上帝
他凝固于
一则紫色爱恋的梦幻

活　着

老房子在梦里塌了

睁开眼也是

它塌了

没有留下一片砖瓦

半缕青草

它跌进了泥染的梦中

一个不着痕迹的梦的深渊

存在或从未存在

它虚无

它是阴影

它空荡荡地

活着

你忘了博客密码

你忘了博客密码
忘了，在焰火中
不能安放青春
要燃烧
要让一瞬间的落寞覆盖
整个平易的生涯
要让光与热穿透
这些无聊琐碎的纸叶般的清晨
要让神圣过渡
跃入湖心的傍晚已一去不返
你已忘了你的博客密码

爱在秋天

把你的手给我
带着桃花的许愿
与唐诗千年的暗殇

把你的手给我
让衰腐的人面
由你映照出
通红的祝福

把你的手给我
把你的热你的光芒也给我
让我们抵御秋的凋零
冬的苍白

爱是地震

没有特别大的誓言
这一整夜的寂寞都是留给你的
同你一道
在黑暗中杀死时间

于琐事间争吵，浮沉，撕裂，融合
我们螺旋上升

那个醉酒的汉子
也在电话的一头给你描绘
冬天尽头的河流
汹涌过后是缓慢的温柔
爱是地震

迟到的中秋夜涂鸦

一

今夜无月
只有黑色的暴雨盘踞在夜空
所有美好的愿望
星辰一样隐没在我的心里
像她十七岁时闪烁出银色麦子的光芒
像我多年来位居尘世中央
精心揣度的爱情：
冷酷，庞大，虚幻

二

时常困惑，饮酒，发呆
潦倒在自我的观念之中
时常想到秋天的王维
闲散的桂花使得流水
染上了时间的隐疾

而在此刻
若有明月来相照
我却只想与她谈论
那些并没有在我生活中
发生过的事情

三

在月下
不要独自饮酒
不要轻易许诺
不要尝试去想念一个人
也不要沉湎于
那种绚美的银色幻想
因为
这动人的情景恰好符合
一轮缺席夜晚的月亮
对你孤独的所有期待

百花湖和友人散步

茫茫的水域之中
花儿般洒落的岛屿
像顽固的爱情记忆
纷沓而至的浪花
有着分裂的粼光
和不可抚摸的痛楚
高大的云松
在岸上温习着墨绿色的美梦
多年来
我们自由穿行于湖边
我们所有的生活
建立在一条通往永恒的路径之上
——百花湖，孤子地终了
它生命中某一页燃烧的篇章
那沙沙作响的
是我们不断失去的足迹
与下陷的土地

尖 叫

——致敬阿米亥

终究是胜利了
生活在一种永恒的幻想
与笼罩之中
我和我飘忽的世界
某时某地
仅仅是黑暗中
一声脆耳的尖叫

追蝴蝶

女儿在草地上
追逐白花花的蝴蝶

蝴蝶自由穿梭在
花丛与草地之间

女儿追随蝴蝶挥动的翅膀
兴高采烈跑了老半天

在她发现自己
追也追不上的时候

她顿足，大声地喊
等倒，等倒！

春光涌现，在辽阔的草地与花丛之上
白花花的蝴蝶依旧扑闪

多么像我们命中
某个难以呼喊的瞬间

花园里的杜鹃

要有光
为我们辨认爱的形状

要有雨
催开这漫长生涯中隐秘的花朵

要有黑暗
见证她的寻常
她的寂寞

还要有祈祷
这鲜红的，粉白的
接近死亡褐色的杜鹃

在空中滴血
旋转，跌落

春天的诗

鸟鸣如渐长的潮水
从树林里漫过来

草地上
披着红色头巾的妇女
躬着身
用刀子去除草丛中
探头探脑的异类

春天在此时
依旧那么空旷
一如我沉睡已久的内心

阳光微微地刺戳着
大地
所有动情的事物
都将覆盖柔软的云层

月　亮

月亮停留在夜空之上
多么安静

月亮和此时的夜空
仿佛一对天生的恋人

月亮发出所有柔软的光
正如夜空将挥霍所有的黑暗

月亮的停留
使这一切显得多么安静

而在这几乎静止的时辰
一个男人多么像一座
虚等的夜空

提　防

草地在一夜之间绿了
细小的蚊蝇开始武装集结

在春天
快速穿越这一片花圃
需要谨慎

需要提防春天在背后
用盈盈的绿草和嗡嗡的蚊蝇
偷袭
那个满面枯荣
怀揣着空想的人

中都龙虎洞

教会我们捕鱼之人
已离我们远去

在龙虎洞
一段凿开的光阴
是失落的鱼凫与未知

为我们构绘生活之人
已离我们远去

而生活的真相
一如矗立洞中的鱼纹字符
与它尾部延伸出的黑暗

这不熄的波澜中
我们长久地保持着
静默与求索

中都之夜

中都的夜晚

神木山下

我们喝酒

像一群遁世的

皇族后裔

那样喝

如果谈及故国

我们会突然看到

夜空中

闪现的人面与桃花

实际上

在中都

她没有那么多

桃花

她有着的

是那与冬雪辉映

遍野的油菜花

和七月的田地里

逐一放光的向日葵

永赖同功

功劳永远是属于人民的
在山河陡峻之处
在叙马古道
我见证了这历史的遗言
与真理的浮现

翠绿的竹叶绕过
七月流火
夷都故地
一段鱼水情深的热爱
一道刺破瘴雾的光芒
照亮沐川亘古的时空

那戡乱与图治的章纹
来自一个人谦逊的肺腑
也来自一群人无悔的血泪
此刻
它在太平盛世的岩壁上熠熠生辉

这是我们民族的一员
对于整个民族温情的呼声
这是我们泱泱中华
历经苦难淘洗的胸怀与大智

沐川皇城遗址

一座浩渺的皇城可能是
我们手心里
仅存的一缕尘埃

也很可能是一场
足够遥远的风暴

仿佛昨夜的华胥一梦
用尽了他一生的辉煌

在中都，皇城旧址
我们陷落于历史的残垣之中

而这灰暗墙头
一截崭露的春草
青翠地演绎着

那苍老的国度，黎民
如何在惊涛骇浪中
步入天下大同

向日葵

花期已过
我见到这些向日葵

这众多朝着信仰
倾伏身体的向日葵

广沃的田地里
散布着她们喘息的微光

折落是不可避免的
我默默接受了她们
此时的颓败

茫茫生死之间
一株曾放光的向日葵
与我何其相似

太平集

若我持久地凝望
这座以祝福为命名的村庄

就会在七月的泥土中
以尘埃的方式溅起

太平集
被玉米地环绕的太平集
晶莹如祖国蓄结已久的泪珠

若我持久地凝望
也许我就能成为
流金闪耀的岁月里
她抹掉的一缕尘埃

我与秋天相互缠绕

一

一片自体内旋转下坠的落叶
叩醒了秋天
乘着此时秋风尚未凛冽
我们写诗吧
乘着她的温柔尚未反目
乘着这时日尚留余温与情面
写吧，在黑暗的收割到来之前
写下秋天，温柔未死的秋天

二

她是如何爬到我枯黄的床上
她是如何溢出这秋天的泪水
那么晶莹
那么柔软
那么炙热

她是如何润湿并告诉我
大风就要吹来
我们相互缠绕

三

怀抱着一片落叶
就是怀抱着一片孤独
在秋天
大而化之的
就是这一片孤独的落叶
就是这一片孤独的醒不来走不了的肉身
就是这尚存的慰藉与怀抱

四

整个秋天，我想感谢
感谢秋天没有带走我
感谢秋天只带走我的一部分
但还没有带走整个的我
感谢那些已被带走的
像是被挑选后所遗留的
落寞之人
我知道秋天终会带走
一切和我
由此心生感谢

这偶然还是必然的幸存

五

她缘何为死生命名
秋风中沉寂着万物
收割又将缘何而起

我与秋天相互缠绕
我与枝叶升而又落